FADO

FADO

NUNO ALMEIDA
LUC GODONOU DOSSOU

Droits d'auteur © 2022

NUNO ALMEIDA

LUC GODONOU DOSSOU

Tous droits réservés. Aucune partie de ce livre ne peut être reproduite sous quelque forme que ce soit sans l'autorisation de l'éditeur.

Édition : BoD – Books on Demand,
info@bod.fr
Impression : BoD – Books on Demand,
In de Tarpen 42, Norderstedt
(Allemagne)
Impression à la demande
ISBN : 978-2-3224-4083-2
Dépôt légal : Juillet 2022

Contents

PROLOGUE 9

CHAPITRE 1 15

CHAPITRE 2 21

CHAPITRE 3 31

CHAPITRE 4 37

CHAPITRE 5 43

CHAPITRE 6 51

CHAPITRE 7 61

CHAPITRE 8 69

CHAPITRE 9 75

CHAPITRE 10 83

CHAPITRE 11 89

CHAPITRE 12 97

CHAPITRE 13 107

CHAPITRE 14 113

ÉPILOGUE 121

PROLOGUE

À Lisbonne, tous les samedis, le club le plus populaire et branché de la ville accueille une soirée d'exception, tout le monde rêve d'y être invité.

C'est un rendez-vous autant musical que social où se réunissent et s'apprivoisent deux publics opposés : les bobos du centre-ville et les bad-boys du ghetto. L'homme derrière ce succès se prénomme Miguel. Ce jeune directeur de label signe des jeunes artistes et des DJs venant tout droit de la banlieue défavorisée.

Vers une heure du matin, la foule se presse à l'entrée de la discothèque mais tout le monde ne pourra pas entrer, seules les personnes les plus intéressantes seront admises. Miguel se charge d'accueillir les VIP et fait payer tous ceux qui ne sont pas sur la liste des invités. Comme il est producteur de la soirée, il touchera cinquante pour cent du revenu des entrées payantes et il salive déjà en pensant au petit pactole qu'il va récupérer. À l'arrière du club, son homme de confiance posté dans l'obscurité veille à ce que le propriétaire de la discothèque ne fasse pas rentrer d'amis par la porte de secours sans avoir payé. Miguel est malin, rusé, il connait tous les coups tordus des gérants et se méfie.

Heureusement, la soirée se termine sans embrouille et sans effusion de sang. Le jeune homme se rend dans le bureau du patron pour recevoir sa part pour la soirée. Ce dernier lui tend une liasse de billets pas très épaisse. Miguel se méfie, il sait qu'il manque des billets. Il recompte sous les yeux du patron et de son chien de garde qui commencent à transpirer. L'agent de sécurité se tient tout près du patron, prêt à toutes les éventualités mais surtout au pire. Miguel est bien connu dans le milieu de la nuit, sa réputation de dur n'est plus à faire. Le compte n'y est pas, bien-sûr, mais le jeune entrepreneur reste calme. Il sait ce qu'il a à faire dans ce genre de situation. Il cible l'agent de sécurité en premier, le toise du regard.

- Toi, dit-il en le désignant. Laisse-nous discuter deux minutes.

L'intéressé ne bouge pas, le directeur commence à trembler.

- Si tu dégages pas d'ici tout de suite, je te promets que j'irai rendre visite à ta p'tite famille et surtout à tes sales gosses. Ils sont toujours à l'école dans le centre-ville, non ?

Une goutte de sueur perle sur le front de l'homme, il serre la mâchoire mais choisit de désobéir à son supérieur au risque de perdre son travail. Même si Miguel n'est pas très costaud, il en impose. Il finit par se retirer sous les yeux apeurés de son patron qui le supplie silencieusement. La menace fonctionne souvent. Le jeune homme s'approche d'un air menaçant vers le directeur. De sa ceinture, il sort un couteau caché, un petit canif inoffensif à première vue mais terriblement tranchant. Son plus fidèle compagnon, il le garde toujours avec lui au cas-où. Il se faufile comme un serpent jusqu'au directeur, assis sur sa chaise, tremblant et suant à grosse goutte. En une seconde, il place le petit couteau sous la gorge graisseuse de ce radin qui commence à couiner comme un animal sans défense. Miguel le calme en appuyant un peu plus sur sa gorge. Il n'a rien besoin de faire d'autre, l'homme cède.

- Prends, prends tout ! supplie le directeur en pointant du doigt le reste de l'argent.

Miguel est satisfait, il a eu ce qu'il voulait. Sur son visage se dessine un large sourire alors qu'il s'apprête à rentrer chez lui pour fêter cette victoire. Au-delà du métissage culturel qu'il a instillé, le jeune directeur est un véritable requin en affaires. L'argent, il en a terriblement manqué dans sa vie et il ne laissera personne lui prendre ce qui lui est dû. Mais Miguel oublie une chose : L'humiliation comme la vengeance, est une arme à double tranchant. Et un tel comportement ne reste souvent pas sans conséquences…

CHAPITRE 1

Une soirée fraîche du mois d'août. Nelson venait de terminer sa tournée, il frissonna en remontant sur son scooter rouge. Sur le chemin du retour, il pensait à la musique, en rêvassant. Il savait ce qu'il ferait en rentrant chez lui : composer. Ce soir, il ne rejoindrait pas la bande qui traînait aux pieds des tours, il en avait assez de subir leurs moqueries. Même s'il savait qu'ils ne le faisaient pas par méchanceté, il ne pouvait s'empêcher de se comparer à Miguel, son frère, le caïd, le prodige. Pendant que lui vendait des pizzas molles et rêvait de musique, son frère dirigeait un des plus grands labels de musique de la région, et c'est lui qui apportait le revenu qui leur permettait de survivre. Ce soir, il était sur un gros coup : une soirée dans la discothèque la plus huppée de la ville, et Miguel était aux premières loges. Bien-sûr en rentrant à la maison, il ne manquerait pas de se vanter de l'argent qu'il aura gagné. Son frère était cupide, malin et vicieux. Il représentait une menace pour la concurrence, et n'hésitait pas à se salir les mains pour parvenir à ses fins d'ailleurs, sa réputation le précédait : il était craint et respecté. L'argent était sa deuxième famille, en vérité je pense que c'était la première. Et ça faisait toute la différence. Ils avaient bien grandi depuis leur départ du Cap-Vert et s'étaient progressivement éloignés l'un de l'autre, comme la vie le fait parfois.

Après 20 minutes de route, il arriva chez lui. Son frère gagnait bien sa vie, mais cela ne l'empêchait pas de vivre dans la partie la moins riche de la banlieue. Leur maison, était une petite bicoque aux murs tremblants et au toit dégarni. Ils avaient fini par s'habituer à vivre dans ce taudis qui avait gardé les odeurs et les ombres de leur enfance.

Nelson gara son scooter de livraison derrière en faisant le moins de bruit possible. Ce qu'il voulait, c'était monter dans sa chambre pour se livrer à son activité favorite sans attirer les regards. Mais Miguel était déjà là, il l'attendait, affalé dans le canapé.

- Nel' ! Je t'attendais. Je me suis fait un bon paquet de fric ce soir !

Il se redressa et se leva. Sur son visage mât, un large sourire se dessina.

- Combien ? demanda Nelson, désintéressé.

- Regarde ça ! Il agita la liasse de billets sous le nez du garçon. Bien assez pour ne plus se soucier de l'argent pendant un moment. Et dire que j'ai failli me faire avoir, ils ont essayé de m'enculer ces enfoirés !

Comme d'habitude, pensa Nelson en levant les yeux au ciel. Miguel coupa la liasse en deux et jeta une partie sur la table.

- Prends, fais toi plaisir.
Cette phrase était pleine de sous-entendus mais Nelson réprima son agacement et prit l'argent. Il remercia son frère puis monta dans sa chambre, qu'il ferma à double tour. Ce soir, il avait envie

d'écrire un morceau qui parlait de son amour pour la musique et personne ne devait venir le déranger. La Kizomba était son genre musical préféré depuis l'enfance et il s'inscrivait parfaitement dans le paysage et les traditions du Portugal. La musique afro, il l'avait bue en perfusion, et elle le portait depuis sa plus tendre enfance. Elle le faisait rêver d'une nouvelle vie loin du ghetto. D'une vie simple et paisible bercée par une seule chose : l'amour de la musique. Rien ne comptait plus à ses yeux. Mais un jour, cela deviendrait réalité et il serait enfin heureux et comblé. Nelson se l'était promis, il partirait dès que l'occasion se présenterait, sans se retourner, en laissant derrière lui cette vie qu'il haïssait un peu plus chaque jour. Un papillon bleuté vint se poser sur le rebord de sa fenêtre en agitant ses ailes. Nelson l'aperçut et se dit secrètement que parfois la vie nous montrait de belles choses. Puis il s'évada à nouveau dans sa musique.

CHAPITRE 2

Le jeune garçon dévala les escaliers à toute vitesse, manquant de trébucher. Il avait oublié de se réveiller ce matin et était en retard pour le travail. Du coin de l'œil, il remarqua que Miguel était resté scotché sur son canapé et qu'une jeune femme à moitié nue l'avait rejoint dans la nuit. Des cadavres de bières étaient éparpillés un peu partout avec quelques vêtements et des cigarettes encore fumantes. Une forte odeur de cannabis flottait dans l'air. Il claqua violemment la porte derrière lui pour exprimer sa colère et enfourcha son véhicule. Le retard était son meilleur ami ces derniers temps, mais son boss lui avait bien fait comprendre : plus de retard sinon c'était la porte. Et Nelson ne pouvait pas perdre ce job, c'était ce qui lui permettrait de quitter ce trou à rats puant. Soudain, il freina brusquement. Une voiture de police apparut au coin de la rue. Ces parasites, étaient toujours là, en train de guetter le moindre geste, le moindre faux pas des gens de la même espèce que Nelson. C'est comme ça qu'ils les appelaient pour camoufler leur racisme, les gens d'une même espèce, différente de la leur, inférieure. Dès qu'ils en avaient l'occasion, ils harcelaient les jeunes du coin. Ils passèrent tout prêt de Nelson, et ce dernier pria pour qu'ils ne l'arrêtent pas. Ses prières furent entendues, ils passèrent devant lui lentement, et dans un interminable moment, lui jetèrent un regard noir, plein de suspicion et poursuivirent leur patrouille. Soulagé, il repartit en trombe, hors de question qu'il soit encore une fois en retard !

La journée avait été chargée, Nelson était épuisé. Mais il avait une dernière commande à livrer avant de rentrer et c'était la plus grosse de la journée. Il roula jusqu'à l'adresse indiquée et plus il se rapprochait de sa destination, plus le paysage aux alentours changeait. Les maisons étaient plus luxueuses et plus grandes. Bientôt il arriva devant une immense bâtisse sublimée par plusieurs faisceaux lumineux émanant d'une pelouse d'un vert British. Il s'arrêta pour l'admirer. Un jour, il en aurait une similaire. Il s'avança vers la porte en bois massif, rouge écarlate, les bras chargés d'une dizaine de pizzas chaudes. Difficilement, il frappa à la porte. Un homme aux traits effacés, qu'il reconnut immédiatement, lui ouvrit la porte.

- Bonjour, c'est le livreur. Je vous apporte votre commande, dit Nelson en rigolant.

- Nelson ! s'exclama l'homme avec un grand sourire. Content de te voir mon gars !

Il invita le jeune garçon à entrer. En fond, de la musique afro se faisait entendre.

- Tu peux déposer les pizzas ici, dit-il en désignant une table. Je reviens, je vais chercher de quoi payer.

Alors que Nelson observait le monde autour de lui, il se rendit compte que les invités étaient tous blancs. L'hôte de la soirée revint avec quelques billets.

- Je suis désolé mais il ne me reste que ça sous la main, dit-il en agitant les billets et en se grattant l'arrière du crâne. Je t'offre un verre pour payer le reste ? Le thème de cette soirée privée la musique et il me semble que c'est ton domaine…

Ce petit malin essayait d'avoir des pizzas gratuites et d'amadouer le jeune homme. Même s'il avait l'air très amical, Ricardo n'était pas dupe, il savait comment attirer les gens et obtenir des faveurs. Mais Nelson ne pouvait pas revenir avec la moitié de l'argent, surtout pour une si grosse commande.

- Désolé Ricardo, mais tu dois payer la commande complète. Sinon je serais obligé de reprendre les pizzas non-payées.

- D'accord, d'accord, très bien ! T'es dur en affaires, dit-il en faisant la moue.

Il fouilla dans ses poches, déçu de ne pas avoir réussi à le convaincre, et sortit d'autres billets qu'il tendit à Nelson. Ce dernier recompta le tout.

- C'est bon pour moi, je te remercie. Je dois y

aller, amuse-toi bien !

Il jeta un dernier regard autour de lui, au fond, il aurait aimé faire partie des invités.

- Hé l'ami, ma proposition pour boire un verre tient toujours, je te fais faire un tour ? dit Ricardo en voyant le regard déçu du jeune homme.

Non loin d'eux, Veronica, une connaissance de Nelson, l'a reconnu et les observe discuter. C'est une habituée des soirées de Miguel, elle l'entend souvent parler de son petit frère qui ne fait que rêvasser. À cause de l'air de famille, elle avait cru apercevoir Miguel au loin pour qui elle craque secrètement. Elle finit par les rejoindre, un verre de champagne à la main.

- Qu'est-ce que tu viens faire ici, Nel' ? dit-elle amicalement.

Nelson mit du temps à reconnaitre la jeune femme. Il ne l'avait vue que quelques fois aux côtés de son frère.

- Veronica, je suis content de te voir, ça faisait un bail !

- Vous vous connaissez ? demanda Ricardo,

surpris.

- On se connait indirectement, expliqua Veronica. Son frère organise des soirées et il m'est arrivé de croiser Nelson quelques fois. Mais dis-moi Nel', c'est vrai qu'on te voit de moins en moins avec ton frère.

- Oui, j'ai trouvé un boulot de livreur donc j'ai plus vraiment le temps de l'accompagner à ses soirées.

Et pas l'envie non plus, pensa-t-il.

- Bon puisque vous vous connaissez, allons boire un verre tous ensemble ! Nelson, tu peux plus refuser !

Alors que le jeune homme allait une nouvelle fois refuser l'offre, Veronica fit signe à une de ses amies de les rejoindre. Nelson se retourna pour saluer la jeune femme qui se dirigeait vers eux et s'arrêta soudainement. Devant lui se tenait un ange en tenue de soirée. Puis quelque chose en lui hurla de surprise...quelle merveille !!! Mais il parvient à grand peine à rester impassible.

- Ricardo, Nel', je vous présente Ana, c'est une de mes amies de l'école de musique.

Ana les salua timidement de la main. Nelson était hypnotisé par sa beauté. Ses cheveux d'un blond éclatant faisaient ressortir ses petits yeux bleus en amande et sa robe, d'un bleu roi magnifique, contrastait avec sa peau blanche. Son cœur battait la chamade. Un jeune homme en smoking apparut derrière elle et posa ses mains sur ses épaules. Le visage de la jeune fille s'assombrit.

- Bonjour, je suis Jorge, enchanté.

Il serra la main des deux hommes et baisa celle de Veronica. Lui aussi était très élégant dans son smoking assorti à la robe d'Ana mais quelque chose sonnait faux dans sa voix. Il lui prit immédiatement le bras comme pour montrer leur proximité, ce qui agaça légèrement Nelson. Ricardo les invita à fumer un peu d'herbe dans la fraîcheur de la nuit, sur le balcon. Le petit groupe se mit à discuter de tout et de rien. Ana et Nelson finirent par s'isoler et discuter de tous les styles de musique. Le jeune homme était ravi, il se sentait comme un poisson dans l'eau. Pour une fois, il n'était pas criblé de vannes et pouvait s'exprimer librement sur sa passion. De son côté, Jorge ne pouvait pas s'empêcher de jeter des regards furtifs dans leur direction. Il n'appréciait pas du tout le rapprochement de ces deux-là et leur complicité naissante. Ana était à lui, c'était sa promise. Il avait planifié toute sa vie avec elle et il ne laisserait personne mettre en péril leur avenir ensemble.

- Hé Nelson, tu saurais pas où on pourrait se dégoter de l'herbe ? De la bonne came par contre, pas du thé vert ! demanda Ricardo, légèrement bourré.

- C'est vrai que si t'as une bonne adresse, tu peux nous la partager ! renchérit Veronica.

- Ouais, je connais un gars. C'est le fournisseur de mon frère. Je peux lui en prendre si tu veux.

- Ce serait super, et puisque tu aimes tant la musique, tu devrais passer à l'école de musique, on a un super professeur de chant. Demain, on a un cours en fin d'après-midi, tu nous donneras l'herbe comme ça.

- Tu pourras rencontrer le Professeur, il est vraiment excellent en matière de musique ! s'exclama Ana tout excitée.

Devant sa joie et son impatience, Nelson ne pouvait pas refuser cette offre. Et puis, il aurait donné n'importe quoi pour la revoir. Soudain il aperçut un autre papillon bleu et se demanda si c'était le même que l'autre jour. Le papillon virevolta un moment devant ses yeux puis s'en alla porté par le vent.

CHAPITRE 3

Nelson avait attendu ce moment toute la journée. Il avait hâte de revoir Ana et d'assister au cours de ce fameux Professeur dont les deux filles vantaient les mérites. Ce serait une première pour lui et il espérait ne pas être déçu du voyage. Il était tellement excité qu'il faillit oublier d'aller acheter l'herbe auprès des contacts de son frère. Il se rendit au lieu de vente, en acheta un petit paquet et fila vers le centre-ville où se trouvait l'école de musique. Veronica et Ana l'attendait sur le parking. Il reconnut de loin les cheveux brillants d'Ana qu'elle avait soigneusement ramenés en queue de cheval. À peine avait-il coupé le moteur que Veronica lui sauta dessus, réclamant sa commande. Il lui tendit le petit paquet odorant et elle lui donna de l'argent en retour.

- Le cours commence dans quelques minutes, dit cette dernière. Venez, il ne faudrait pas qu'on soit en retard. Le Professeur est un homme plutôt sévère même s'il n'y paraît pas de prime abord.

Ensemble, ils se dirigèrent dans le bâtiment. Nelson se sentait étonnamment à sa place. Devant la porte de la classe, un homme bien habillé, portant des lunettes rondes invitait les élèves à entrer. Ana donna un léger coup de coude à Nelson.

- C'est le Professeur, murmura-t-elle à son oreille.

Nelson ne put s'empêcher de sentir son parfum délicat. Le genre de parfum qui vous transforme en esclave, en disciple, celui qui vous fait haïr tous les autres, comme si le monde entier n'était plus qu'une gigantesque poubelle…c'était sans doute l'odeur la plus douce et la plus agréable qu'il avait senti de toute sa vie.

- Bonjour les filles et bonjour jeune homme, dit le Professeur en arquant un sourcil. Il me semble que c'est la première fois que je vous vois.

Ana ne laissa pas Nelson dire un seul mot.

- Bonjour Monsieur, je vous présente Nelson, c'est mon ami. Il voudrait assister à votre cours, c'est un chanteur et il compose aussi.

- Voyez-vous ça, eh bien jeune homme, bienvenue à vous ! Voir de nouvelles têtes à mes cours est toujours un plaisir. Je suis le professeur qui anime les cours de musique, j'espère que celui-ci vous plaira. Mais dites-moi, qu'aimez-vous chanter habituellement ?

- C'est un plaisir pour moi Monsieur d'avoir l'opportunité d'assister à un de vos cours, répondit Nelson le plus poliment possible. J'aime beaucoup la Kizomba.

- Très bien, j'espère que mon cours ne vous décevra pas.

Ils échangèrent tous les quatre un sourire et rentrèrent dans la salle de cours. Ana fit une place à Nelson à côté d'elle pour sa plus grande joie. Même s'ils se connaissaient depuis la veille au soir, elle l'appréciait de plus en plus. Sa simplicité et sa gentillesse étaient ce qu'elle avait remarqué en premier chez le jeune homme. Elle était ravie de partager ce moment avec lui. Elle observa discrètement Nelson durant le cours, il affichait un sourire radieux et semblait être l'homme le plus heureux du monde. Elle le trouvait très beau, sa peau mate et ses lèvres charnues lui donnaient un certain charme. Son physique robuste montrait que la vie n'avait pas été douce avec lui, quelques tatouages sur les bras lui donnaient un air de mauvais garçon craquant. Même si Jorge n'était jamais loin d'elle, Ana pouvait laisser ses pensées divaguer car elle restait libre dans son esprit. Jorge n'était pas un mauvais garçon mais il avait tendance à être étouffant. Il venait d'une bonne famille, comme Ana, étudiait à l'université, comme Ana, était invité à toute sorte de soirées, comme Ana. Elle n'en pouvait plus de l'avoir sur son dos ! Même son père idolâtrait le garçon, pour lui c'était le gendre idéal mais jamais aucun des deux n'avait demandé à la jeune fille si elle était d'accord. Pourtant, elle imaginait sa vie d'une manière complètement différente, mais ça, tout le monde l'ignorait et pire, personne ne s'en préoccupait.

CHAPITRE 4

Ce soir-là, Nelson décida de passer un peu de temps avec la bande qu'il n'avait pas fréquentée depuis longtemps. Il se sentait en paix avec lui-même et prêt à encaisser toutes leurs moqueries. Le cours de cet après-midi avait été un moment d'illumination. Non seulement, il s'était amusé comme un enfant dans un parc mais en plus, cela avait confirmé tous ses projets. Et puis, il y avait Ana. L'avoir à ses côtés pendant une heure et partager ce moment avec elle lui avait procuré un bonheur impensable. Parfois, il la voyait regarder discrètement dans sa direction. Il imaginait qu'elle aussi ressentait la même chose, qu'elle aussi avait ressenti ce « coup de foudre ». Moi qui croyais n'avoir d'amour que pour la musique… pensa-t-il. Pour la première fois, une personne arrivait à perturber ses sentiments, ou du moins presque. La musique restait son premier amour. Bien-sûr, il n'en parlerait à son frère qu'en cas d'impérieuse nécessité. Miguel n'avait pas besoin de tout savoir de sa vie et encore moins de ses projets.

Comme d'habitude, ses amis étaient en bas des tours, à boire des bières et à chahuter. Quand ils virent le jeune homme s'approcher, ils ne purent s'empêcher de lui faire remarquer ses absences répétées. Il se justifia par un excès de travail. Un de ses potes lui offrit un joint qu'il s'empressa de consommer accompagné d'une bière légèrement tiède. En regardant autour de lui, en voyant ses amis, en pensant à Ana, Nelson se demandait si partir n'était pas une décision trop radicale. Après tout, le ghetto avait été son terrain de jeu pendant toute son enfance, il avait embrassé sa première petite-amie au pied d'une de ces tours et avait passé des milliers d'heures à zoner ici avec ses amis. Même si la vie avait été dure, il ressentait une certaine nostalgie pour cet endroit. Ana en était-elle la cause ? Peut-être. Depuis leur rencontre, elle hantait ses pensées. Lui qui ne croyait pas au coup de foudre… Demain, il la reverrait, et le lendemain aussi, ainsi que le surlendemain et puis tous les jours où il aurait l'occasion d'aller à l'école de musique. Il assisterait à tous les cours, autant pour le plaisir de la musique que pour voir Ana, mais tout de même plus pour voir Ana. Elle était ravie qu'il soit là avec elle, elle lui en avait fait part. D'ailleurs, le Professeur, qui appréciait beaucoup Nelson et son talent inné pour la musique, l'avait invité à la représentation annuelle de l'école au cours de laquelle il avait prévu de dévoiler le nom de la plus belle des révélations de son cours. Il serait une des seules personnes noires parmi les blancs mais peu importait, des gens croyaient en lui pour la première fois et il entendait montrer à tous son talent de chanteur. Il comptait inviter son frère pour lui montrer la puissance de la musique, pour lui prouver que lui aussi, il pouvait réussir, mais sans violence et sans magouille. À l'instant même où le Professeur lui avait fait cette proposition, il savait déjà quelle musique il chanterait : une chanson d'amour, dédiée à tous les passionnés de musique traditionnelle portugaise et, bien-sûr, à Ana. Même s'il ne savait pas si le Professeur le choisirait lui, il fallait qu'il se prépare et allait tout donner durant les prochains cours.

Ce serait sa chance, l'opportunité inespérée, son tremplin vers une vie meilleure. Rien que d'y penser, Nelson en tremblait de joie.

La seule ombre au tableau qui se dressait sur leur route était Jorge, ce garçon de bonne famille, ce bobo prétentieux. Sans savoir pourquoi, il ne lui inspirait pas confiance et sa façon de rôder autour d'Ana, comme un prédateur n'était pas rassurante. Jorge avait le faciès de ces gens qui ne veulent rien comprendre, ceux qui cherchent dans la pièce quelqu'un de plus idiot que lui mais ne le trouve jamais. Ana était rayonnante mais, son visage s'était crispé quand Jorge était apparu lors de la fête de Ricardo. Nelson sentait qu'il devait se méfier de lui et ce, dès leur premier échange. Il avait senti ses regards pesants lorsqu'il discutait avec Ana ce soir-là. Il se demandait comment il réagirait s'il venait à apprendre qu'ils se fréquentaient tous les jours à l'école de musique. À bien y réfléchir, il valait mieux qu'il l'ignore.

CHAPITRE 5

Plus les cours de musique passaient, plus Nelson brillait aux yeux de tous ses camarades. Ses performances étaient impressionnantes d'émotion et de précision. Le Professeur finit par le prendre sous son aile. Il lui proposa d'assister aux cours gratuitement. Bien-sûr, il avait demandé une totale discrétion à ce sujet pour éviter les problèmes. Nelson était ravi, même s'il avait poliment refusé au début, il avait fini par accepter. Une telle opportunité ne se présenterait pas deux fois, surtout pour une école de musique aussi prestigieuse. En plus de cette bonne nouvelle, il était invité à la représentation annuelle de l'école, là où le Professeur désignerait le meilleurs de ses élèves. Il espérait que ce serait lui mais d'après Ana, ça ne faisait pas l'ombre d'un doute. Tous les deux s'étaient beaucoup rapprochés, ils passaient la plupart de leur temps ensemble sous le regard inquisiteur de Jorge qui, maintenant, suivait Ana partout même à l'université alors que Nelson n'était pas là. À première vue, ils semblaient être les meilleurs amis du monde, mais tout le monde savait, sauf Jorge, qu'entre ces deux-là se profilait bien plus que de l'amitié. Ils parlaient, riaient, se taquinaient et partageaient souvent un bon joint après les cours de musique pour débriefer. Nelson n'avait jamais ressenti quelque chose d'aussi concret pour une fille. Il avait déjà été amoureux bien-sûr, mais ça n'avait été que des amourettes de passage. Il avait fini par se résigner en se disant que son grand amour avait toujours été la musique et le demeurerait. Aujourd'hui, il n'en était plus sûr. Ana était une des raisons qui l'avait poussé à accepter de suivre gratuitement les cours de musique du Professeur. Passer ces quelques heures avec elle tout en apprenant la musique chaque jour était son moment d'extase. Il aimait cette jeune fille de tout son cœur et rêvait de partager ses nuits avec elle depuis leur première rencontre.

Ana avait quelque chose d'important à faire et avait demandé à Nelson de l'accompagner. Cette journée avait été très étrange, il avait trouvé son amie légèrement absente, comme si elle avait la tête ailleurs. Elle était restée pensive et silencieuse tout au long du cours et Nelson se demandait ce qui lui arrivait. La jeune fille participative et agitée avait fait place à une toute autre personne. Il était inquiet et stressé, pensant que ce comportement était de sa faute, et pour ne rien arranger, Ana ne voulait pas lui dire ce qui se passait et où elle comptait l'emmener. La vérité sur cette attitude si nostalgique était que cela faisait un an jour pour jour que sa mère l'avait quittée, emportée par un cancer foudroyant. Elle se souvenait encore comme si c'était hier des adieux qui furent déchirants. Cette femme qu'elle avait connue, si radieuse et si déterminée, était devenue une personne fragile à la peau pâle et aux yeux ternes qu'elle ne pouvait regarder sans pleurer. Parfois, elle essayait de chasser ces souvenirs douloureux pour se remémorer le temps d'avant, le temps où tout n'était que rire et chansons. Au fur et à mesure qu'ils se rapprochaient du cimetière, Nelson comprenait ce qui tracassait Ana et arrêta de lui poser des questions. Quand il se retrouva devant la tombe et qu'il lit le nom inscrit sur la pierre blanche, il se raidit. Ce caillou sculpté lui rappelait d'anciens souvenirs douloureux qu'il avait préféré enfouir au fond de lui. Il ne dit rien et passa simplement sa main dans le dos d'Ana en guise de soutien. Même s'il ne comprenait pas vraiment pourquoi elle l'avait amené ici, il était heureux de compter parmi les personnes de confiance. Sur le trajet du retour, Ana resta silencieuse et ses yeux laissèrent échapper quelques larmes. Elle finit enfin par dire quelques mots.

- Merci de m'avoir accompagné, d'habitude, je suis seule, dit-elle doucement.

- Pas de problèmes, répondit Nelson tendrement. Mais ton père ne vient pas avec toi ?

- Non, il n'aime pas ce genre d'endroit. Je pense que c'est encore trop dur pour lui d'accepter la mort de sa femme.

- C'est normal, c'est pas facile de faire face surtout quand c'est une personne aussi importante.

- Mmh oui, j'imagine.

- Et Jorge, il n'est jamais venu avec toi ?

Ce pot de colle, pensa-t-il.

- Non, je ne veux pas qu'il vienne ici. Ma mère ne l'aimait pas beaucoup et lui non plus. Je n'ai pas envie qu'il souille sa mémoire. Toi, je savais que tu comprendrais.

Elle lui fit un sourire, le premier de la journée.

- Que je comprendrais parce que mes parents sont morts ?

Nelson avait brièvement évoqué le sujet un soir alors qu'ils buvaient une bière. Il ne s'en souvenait pas vraiment étant donné qu'il était jeune, le seul élément dont il avait gardé un affreux souvenir était l'ouragan qui avait emporté leur vie au Cap-Vert.

- Oui mais aussi parce que tu es quelqu'un de sensible et de bienveillant, Nel' et c'est ce que je préfère chez toi. Je sais que tu es honnête et que je peux te faire confiance. Je me sens bien avec toi, je me sens moi.

Le jeune garçon ne savait pas quoi répondre. Ana s'arrêta soudain de marcher.

- Qu'est-ce que tu fais ? demanda-t-il en se tournant vers elle.

La jeune fille se jeta dans ses bras et éclata en sanglots. L'anniversaire du décès de sa chère mère y était pour quelque chose mais il n'y avait pas que ça. Nelson la serra fort, la voir dans cet état lui brisait le cœur. La seule chose qu'il put dire fut : je suis désolé Ana. A cet instant, un autre papillon bleu ou peut-être était-ce le même, le frôla puis continua sa route en virevoltant. Etonnant tous ces papillons bleus…pensa-t-il.

CHAPITRE 6

Le jeune garçon était encore tout chamboulé par cette journée. Ana ne lui avait jamais parlé de sa mère jusqu'à hier et il comprenait pourquoi. Mais d'un autre côté, cela les avait rapprochés alors il était heureux. Étreindre Ana lui avait fait du bien et confirmait le fait qu'il l'aimait vraiment. Il décida de lui écrire une chanson d'amour qu'il chanterait à la représentation annuelle de l'école en espérant être choisi par le Professeur. Sa musique parlerait d'amour, de mort, de voyage, de rêve et d'envie. Il rêvait de faire vibrer son public, de l'émouvoir jusqu'aux larmes. Ce serait son premier passage sur scène et il devait marquer les esprits. Ana était la muse qui lui permettrait de sublimer son art. Il chiffonna le bout de papier sur lequel il avait commencé à écrire l'ancienne chanson prévue pour la représentation. Désormais il entendait créer une œuvre parfaite. Il passa des heures à écrire et réécrire jusqu'à ce que l'harmonie entre les mots et les notes lui dessinent un sourire de satisfaction. Il ne pouvait pas donner plus, maintenant c'était au public de juger.

Après avoir terminé son chef-d'œuvre, Nelson décida d'aller voir Ana directement chez elle mais d'abord, il avait quelque chose à faire. En écrivant, il s'était rendu compte que son envie de fuir la banlieue miteuse où il avait grandi s'était dissipée. Avec Ana à ses côtés, il était comblé et si elle voulait rester, il resterait aussi. Il passa chez son patron, Tonio qui tenait la pizzeria et donna sa démission. Il n'avait plus besoin de ce travail, désormais il avait tout pour être heureux. Il reprit la route sur son scooter, le cœur léger et ne tarda pas à arriver chez sa bien-aimée. Elle l'attendait devant la porte de sa grande et majestueuse maison. À peine étaient-ils à entrés, qu'il s'empressa de lui faire lire sa chanson et observa avec attention toutes les émotions qu'exprimaient son visage.

- Je me suis inspiré de toi pour l'écrire, j'espère que ça ne te dérange pas…

- Pas du tout, c'est très beau ! Et ça me fait plaisir… Si la musique ne te réussit pas, tu pourras toujours te reconvertir en poète ! s'exclama-t-elle en rigolant.

- Si le Professeur me choisit, c'est celle-là que je veux interpréter. Tu as été mon inspiration et c'est un des plus beaux morceaux que j'ai écrits.

Ana rougit, Nelson sourit.

-Aller viens, on va boire un verre, proposa la jeune fille.

Il la suivit jusqu'à la cuisine. La maison était immense mais Ana semblait être la seule occupante.

- Il n'y a que toi ?

- Oui, papa est au boulot, il rentrera sûrement pour la représentation.

Ana haussa les épaules. Même si elle semblait

montrer peu d'intérêt pour lui, elle regrettait le fait qu'ils se soient éloignés depuis la mort de sa mère. Aujourd'hui, son père n'avait plus rien à voir avec l'homme qu'il était auparavant. Toute sa gaieté et sa compassion avaient disparu. Il préférait consacrer son temps libre au business et à l'argent. On aurait dit qu'à ses yeux, toute sa famille avait été balayée en cette date funeste.

- Je te montre ma chambre ?

Nelson acquiesça en buvant avec peine une gorgée de sa bière. La perspective de visiter la chambre d'une aussi belle créature lui faisait un peu trembler les jambes, un discret tremblement à peine perceptible. Comme il s'y attendait, Ana avait une chambre à son image : Simple et jolie. Sur une commode en bois blanc, une photo familiale, le père à gauche, la mère à droite et la belle au milieu : la famille parfaite.

- C'est ta mère ? demanda Nelson, connaissant déjà la réponse.

- Non, non, c'est la cuisinière, puis elle éclata de rire.

- Tu lui ressembles, vous avez le même sourire

et les mêmes yeux.

- Les chiens ne font pas des chats !

- Ana, je peux te poser une question ?

- Je t'écoute.

- Pourquoi tu restes avec Jorge alors que tu ne l'aimes pas ?

Nelson avait touché un point sensible. Ana se crispa et commença à tripoter ses cheveux machinalement.

- T'es pas obligée de me répondre, hein. C'est juste que quand il est là, tu es vraiment différente.

- Je sais. Et j'en suis désolée. Quand ma mère est partie, il a été la seule personne à rester le même avec moi. Entre mon père qui refusait d'accepter la réalité et les autres qui ne faisaient que m'en parler ou me demander comment j'allais à longueur de temps, je n'en pouvais plus ! Je me sentais bien avec lui parce qu'il continuait d'agir normalement, comme si de rien n'était. Et j'avais besoin de normalité, pour éviter de penser. Il a été ma bouée de sauvetage pendant quelques temps mais peu à peu, je me suis rendue compte qu'il agissait comme ça parce qu'il n'en avait rien à foutre qu'elle ne soit plus là et je ne peux plus le supporter.

- Je suis désolé qu'on ne se soit pas connu avant, j'aurais aimé pouvoir t'aider.

- On s'est rencontrés au bon moment, crois-moi, dit-elle en caressant tendrement son visage. Toi et moi, on s'est trouvés.

Il avait envie de l'embrasser, de la serrer fort contre lui mais ce n'était pas le moment, c'était trop tôt. Et puis il n'avait pas envie de gâcher ce moment de douceur.

- Et toi alors, t'as débarqué ici après l'ouragan ?

- Oui, après la mort de mes parents. Mais comme j'étais petit, je ne me souviens pas d'eux. C'est Miguel qui a été le plus touché. Notre grand-mère nous a accueillis ici après, orphelins et sans maison. Tout ce dont je me souviens, c'est de la musique. Ma mère chantait tout le temps, je me rappelle plus de sa voix que de son visage.

- Et ton frère, j'imagine que ça a été dur ?

- Oui, je me souviens qu'il passait la plupart du temps à se battre et puis un jour, il a compris que se battre pouvait rapporter gros et il a commencé à gagner de l'argent. Déjà qu'on s'était éloignés, là on est presque devenus des étrangers. Mais je dois reconnaître que depuis la mort de ma grand-mère, on s'en sort grâce à lui. On prend des morceaux des gens pour faire notre personnalité, moi j'ai pris de ma mère sa sensibilité, et lui a pris de mon père le port de tête et l'arrogance de ceux qui savent ce qu'ils veulent et le crachent à la face du monde. Je trouve triste qu'il soit accro au fric, il ne jure que par ça. Mais j'admire son courage d'aller au bout de ses projets et j'envie sa liberté.

Un moment de silence s'installa, les deux jeunes étaient plongés dans leurs pensées. En fait, leurs situations étaient assez similaires, dans le malheur, mais aujourd'hui elles faisaient leur force. Ana finit par se lever et déposa un baiser sur la joue de Nelson. Secrètement il imagina qu'il n'allait plus jamais se laver cette joue là…

En rentrant chez lui ce soir-là, le jeune garçon repensa à leur conversation et à Miguel, qu'il trouva une nouvelle fois avachit sur leur canapé miteux et complètement défoncé. Il le regarda un moment en silence, et se demandait pourquoi son frère s'habillait toujours de la même façon. Un bonnet, un pull noir et un jeans…depuis toutes ces années, en dehors des costards de soirée. C'était intriguant. Il hésita puis se décida à l'inviter à la représentation. En guise de réponse, son frère grogna. Au moins, il ne regretterait pas de ne pas lui avoir proposé.

CHAPITRE 7

Le jour J était arrivé, la représentation annuelle de l'école allait se dérouler dans quelques heures et Nelson ne tenait déjà plus en place. Après une si longue préparation, toutes ces heures de cours, ces répétitions, et toutes ces remises en question avec Ana, il était prêt à montrer à révéler au monde l'entièreté de son talent et son amour inconditionnel pour la musique. Dans la salle, les familles des élèves s'agitaient en silence, en espérant que son enfant soit l'heureux élu. Une nouvelle fois, le jeune garçon se sentit seul et pas vraiment à sa place : la plupart des gens qui l'entouraient étaient blancs. Il espérait apercevoir un visage familier pour le soutenir, celui de son frère peut-être, mais il n'avait pas montré grand intérêt pour l'événement lorsqu'il l'avait invité. Sa chaise était vide. Nelson s'installa à sa place et bientôt Veronica le rejoint. Du coin de l'œil, il regardait Ana : elle était assise aux côtés de son père, un homme grand, blanc et rigide. Cet homme bedonnant avait le ventre que présente souvent ceux qui ont trop bouffé leur réussite en méprisant les autres. C'est plus facile de grimper les échelons quand tu es blanc. C'est une réalité…Son visage ne semblait pas très amical comparé à celui de sa fille qui rayonnait de bonté.

Le Professeur monta alors sur scène et toute la salle se tut. Le cœur de Nelson se mit à battre la chamade.

- Bonsoir à tous et merci d'être venus, commença-t-il. Ce soir va être une soirée exceptionnelle car, comme vous le savez tous, je vais nommer l'un de mes élèves, le prodige de cette année et lui offrir l'opportunité de rentrer officiellement et de pleins pieds dans le monde de la musique.

Comme s'il allait décerner un Award, le Professeur sortit de la poche intérieure de son smoking une petite enveloppe beige cachetée. Le suspens était à son comble. Il ouvrit délicatement l'enveloppe et sourit en lisant le bout de papier.

- Ce soir, Messieurs Dames, est un soir exceptionnel. Vous allez découvrir dans quelques instants la révélation de cette année… Il marqua une pause, tout le monde retenait sous souffle. Veuillez faire un triomphe à mon nouvel élève prodige : Nelson !

Son cœur explosa sous les cris et les applaudissements. Quand il se leva pour faire sa prestation sur scène, quelques murmures se levèrent dans la salle. En montant sur scène, il jeta un dernier regard sur la salle. Miguel n'était officiellement pas venu et quelqu'un en avait profité pour lui voler sa place. Même s'il était déçu, il s'en doutait un peu. Mais ce n'était pas le moment de penser, c'était le moment de chanter et de montrer à tous ces bobos blancs et médisants son immense talent. Nelson inspira profondément et chanta comme il ne l'avait jamais fait la chanson magnifique qu'il avait écrite pour Ana. De tout son corps et de toute son âme, il ferma les yeux et poussa sa voix au maximum. Des gouttes de sueur coulaient sur son visage. Il entrouvrit les yeux et vit Ana, au milieu des spectateurs, les yeux pétillants et le sourire jusqu'aux oreilles, elle savait qu'il chantait pour elle. Dans les coulisses, le Professeur était l'homme le plus fier du monde, personne n'aurait fait mieux que lui. Il chantait parfaitement, les notes, les sons, tout était synchronisé et formait une véritable harmonie. La mélodie était belle et douce et sa voix grave lui donnait une touche de virilité. Le public était ému, certains retenaient leur souffle et d'autres essuyaient une larme mais tous étaient bluffés par le talent du jeune homme.

La mélodie s'arrêta, Nelson ouvrit les yeux et un tonnerre d'applaudissements retentit. Les claquements étaient tellement forts qu'il les entendait résonner dans sa poitrine. Il ne put s'empêcher de sourire et ses yeux, de briller. Le Professeur vint le remercier, lui fit une accolade et lui glissa à l'oreille : Toutes mes félicitations, c'était magnifique !

Le show terminé, Nelson s'en alla retrouver Ana. Cette dernière était encore sous le choc.

- Tu as aimé ? lui demanda tendrement le garçon.

- Bien-sûr qu'elle m'a plu, elle était magnifique ! J'espère que tu me la chanteras à nouveau…

Ses petits yeux bleus brillaient sous le coup de l'émotion. Nelson la prit dans ses bras. Le père de la jeune fille les rejoignit. C'était la première fois qu'ils se rencontraient face à face. En voyant que l'ami dont lui parlait tout le temps sa fille n'était rien d'autre qu'un misérable gamin noir venant des bas-fonds de la ville, Paolo se raidit, pris un air dédaigneux. Il avait un certain talent pour la musique mais il n'avait rien à faire avec sa fille, il n'était pas du même monde, pas de la même espèce. Il décida tout de même d'aller le saluer, par pure politesse. De son côté, Nelson sentait que le père d'Ana ne l'appréciait pas. Sa poignée de main était forte, comme s'il voulait l'impressionner. Son regard, froid et hautain laissait transparaître ses pensées. Nelson avait des images qui défilaient dans sa tête, et il se dit que cet homme n'avait jamais séduit personne et qu'il était aigri parce qu'il avait dû tout acheter, même l'amour. Heureusement Ana était là et interrompit ce moment de tension. Ana entraîna Nelson au petit buffet improvisé par l'école pour détendre l'atmosphère.

- Ne fais pas attention à mon père, dit-elle en levant les sourcils. Il est toujours comme ça, avec tout le monde, le seul qui soit assez bien pour lui c'est Jorge.

Bien que Nelson fût allé quelque fois retrouver Ana chez elle, il n'avait pas encore eu l'occasion de rencontrer Paolo, son père. Il était toujours parti à droite, à gauche pour le travail et était rarement présent au domicile familial. Même si la jeune fille lui assurait que c'était la nature de son père, Nelson n'en était pas convaincu. Ce type avait l'air d'être raciste jusqu'à l'âme. Il suffisait de voir comment il regardait les quelques autres personnes à la peau noire présentes dans la salle et son regard en disait plus que toutes autres paroles : des pauvres types qui n'avaient rien à faire ici.

À ce sombre tableau vint s'ajouter Jorge. Il était bien décidé à ne laisser aucune chance à Nelson.

Il s'empressa d'informer Paolo que sa fille trainait de plus en plus avec ce jeune noir qui profitait de la charité des gens pour assister gratuitement aux cours de musique. Bien-sûr, après ces révélations, le père entra dans une colère noire. Que sa fille soit amie avec un noir passait encore mais que ce dernier profite et assiste gratuitement à ces cours hors de prix était inconcevable, injuste ! Il fallait qu'il discute sérieusement avec la personne concernée, mais ce n'était ni le moment ni l'endroit, Ana lui en voudrait toute sa vie. Il attendrait et frapperait fort le moment venu. Une seule phrase pour réduire à néant sa nouvelle et future carrière de musicien. Il allait lui passer l'envie de venir sur son territoire !

CHAPITRE 8

La représentation était terminée, la salle se vidait doucement. Paolo patienta et attendit qu'il n'y ait plus personne. Du coin de l'œil, il surveillait les allées et venues du Professeur qui saluait ses élèves sur le départ et alors qu'il s'apprêtait lui aussi à partir, il lui barra la route et ne passa pas par quatre chemins pour lui exprimer le fond de sa pensée.

- Professeur, je dois vous parler ! dit-il en serrant les dents.

- Bien-sûr ! Vous êtes le papa d'Ana c'est ça ?

- Oui, dit-il sèchement.

- Votre fille fait partie des meilleurs de mes élèves, elle est studieuse et persévérante ! Elle est attentive, volontaire et pleine de…

Paolo lui coupa la parole. Il n'était pas là pour entendre des louanges sur sa fille.

- Professeur, je trouve inadmissible que vos cours soient gratuits pour un noir de banlieue, alors que tous les autres payent pour vos cours !

Le Professeur ne s'attendait pas à ça. Son expression bienveillante disparue. Il avait demandé à Ana et Nelson de ne rien dire à ce propos mais visiblement des langues s'étaient déliées. Il n'avait pas fait cela par charité comme tous le pensaient tous mais plutôt par dépit. Tous les élèves qu'il avait accueilli dans sa salle avaient du talent certes mais personne, ne l'avait autant émerveillé que Nelson. Personne. Et il n'allait pas laisser un parent mécontent et ignorant tout du domaine musical tout gâcher. Surtout s'il était raciste.

- Écoutez Monsieur, dit-il calmement. Ce jeune garçon est extrêmement talentueux, il est passionné et créatif. Vous l'avez vu vous-même, si j'ai choisi de le laisser venir librement à mes cours c'est que je sais que cette opportunité ne se représentera jamais et que je ne peux pas me résoudre à abandonner ce talent pour quelques sous.

- Il a peut-être du talent mais il n'a rien à faire ici, je ne veux plus qu'il vienne dans cette école ! Ce n'est pas son monde, rendez-lui service en le renvoyant dans sa case. Je paye, j'ai le droit de vous dire ce que je pense ! Si vous continuez à enseigner à ce métèque, vous pourrez dire adieu à la réputation de votre école !

Le Professeur resta impassible. La réputation de son école était inattaquable. Elle était connue dans le monde entier. Ce n'était pas un petit bourgeois raciste qui allait tout réduire à néant. Le père quitta la salle, fou de rage. Il n'avait plus le choix. Il fallait qu'il cible directement Nelson. Il avait besoin d'un complice pour son plan. Jorge serait l'homme de la situation, il n'aimait pas non plus Nelson et le voir tourner autour de sa future femme le rendait fou. Paolo n'aurait pas besoin d'argumenter beaucoup pour le convaincre. Mais Ana ne devait rien savoir, sinon leur famille volerait en éclat. La jeune fille détestait le côté raciste de son père, elle ne le comprenait pas. Lui voyait en ces gens des parasites, des moins que rien qui peuplaient la banlieue et alimentaient le trafic de drogues. Ils étaient de plus en plus nombreux, violents et cruels. Certains même venaient jusqu'au centre-ville pour commettre des méfaits. Comme preuve : quelques jours avant, un propriétaire de discothèque s'était fait agresser à l'arme blanche pour quelques billets. La police ne les effrayait plus, c'était plutôt l'inverse. Paolo ne comprenait pas les gens comme le Professeur qui les aidait et les défendait. Était-il le seul à les voir sous leur vrai jour ? À s'inquiéter pour sa petite fille chaque jour ? Y penser le tourmentait ! Il fallait que quelqu'un fasse quelque chose, si ce n'était pas la police alors il était d'accord de se salir les mains pour la ville et pour sa fille.

CHAPITRE 9

Miguel regrettait de ne pas être venu à la représentation de son petit frère. D'un côté, il était heureux pour Nelson, le fait qu'il puisse donner vie à sa passion l'avait complètement changé : il était à présent un jeune homme rayonnant et ambitieux comme l'avait été Miguel lors de ses débuts en tant que directeur de label. Mais d'un autre côté, il était inquiet qu'il soit l'un des seuls noirs parmi les blancs becs, inquiet qu'il se soit amouraché de cette fille de bonne famille et inquiet qu'il ait quitté son job de livreur. Nelson était sa seule famille ici, en dehors de ses potes. Son frère, c'était son sang et même s'il l'avait négligée la famille reste la famille. Depuis qu'ils avaient quitté le Cap-Vert à la suite de l'ouragan qui avait causé la mort de leurs parents, ils s'étaient éloignés l'un de l'autre. Accompagnés de leur grand-mère, ils s'étaient réfugiés dans la banlieue de Lisbonne et avaient survécu jusqu'à aujourd'hui. Leur grand-mère très âgée, avait fini par partir elle aussi. Miguel avait donc pris la responsabilité du père de famille et cela avait affecté leur relations. Pour ne rien arranger, il était très occupé avec son label et délaissait Nelson. Finalement, ils n'étaient plus que deux étrangers se parlant occasionnellement pour faire bonne figure. Le pire, c'est que cette relation semblait convenir à Nelson. Même si Miguel jouait les gros durs, il avait un cœur d'artichaut, il aurait donné sa vie entière pour son petit frère. Le jeune homme ne savait pas pourquoi il se sentait si nostalgique soudainement, et pour ne rien arranger, cette grosse soirée au Night-Club lui prenait la tête. L'organisation était énorme, il ne savait plus où donner de la tête et une rumeur circulait sur le fait que certaines personnes voulaient sa peau. La porte d'entrée claqua dans son dos, ce qui le fit sursauter et renverser sa bière sur le sol. Il grogna, son petit frère venait de passer la porte, tout excité. Comme Miguel s'y attendait, il ne lui dit rien de la raison de son enthousiasme.

- Hé p'tit con, j't'ai pas appris à rentrer sans dire bonjour ! dit-il sur un ton sévère.

- Bonjour ! lui répondit Nelson sur un ton enjoué.

Il jeta son blouson sur une chaise en sifflotant.

- Ça s'est bien passé ton truc ? marmonna Miguel.

Il jouait la carte du désintéressé mais ça ne prenait pas sur son frère.

- Mmh oui, ça va.

- T'as gagné ?

- Gagné quoi ?

- T'as été choisi ?

- Choisi pour quoi ?

- Arrêtes de faire l'idiot ! T'as très bien compris ce que je voulais dire !

Son comportement l'agaçait.

- Oui et si tu veux tout savoir, tout le monde a adoré ma chanson. J'ai bluffé l'auditoire ! s'exclama-t-il tout sourire.

- C'est bien. T'as assuré, t'iras loin j'espère…

- Ça veut dire quoi ça ? dit Nelson en fronçant les sourcils.

- Ça veut dire que c'est pas l'approbation des gens qui va te ramener du fric.

- L'argent, l'argent ! Y a que ça qui compte pour toi ! Moi, ma voix elle est authentique, réelle ! Toi ton argent il t'apporte que des emmerdes !

- Et de la bouffe sur la table ! Sans moi, tu mangerais ta merde ! Si ta réussite dépend d'une faveur, tu restes redevable et dépendant de ton maître ! Laisse-moi te raconter une histoire frangin. T'as une vitre et d'un côté se trouve un oiseau et de l'autre se trouve une mouche. La mouche se cogne sans cesse à la vitre pour chercher une issue. L'oiseau se cogne la tête deux fois en tentant d'attraper la mouche. Et puis il comprend et s'envole vers d'autres projets. La mouche elle continuera à se cogner la tête contre la même vitre jusqu'à ce qu'elle crève ! T'es une mouche ou un putain d'oiseau ?

- Tu sais quoi Miguel, vas te faire foutre ! J't'ai pas demandé ton avis de toute façon.

Nelson monta les escaliers quatre à quatre et claqua la porte de sa chambre derrière lui. Merde, pensa Miguel. J'suis trop con putain ! Il frappa un coup sur la table. Il n'était pas doué pour discuter, lui il savait plutôt parler avec ses poings. Une nouvelle fois, cela montrait bien le gouffre qui les séparait. Il regrettait ses mots, comme à chacune de leurs disputes. Au fond, il préférait le voir s'enfermer dans sa chambre avec sa musique que trainer dans la rue et se faire arrêter par les flics. Le jeune homme respira un bon coup et passa sa main dans ses cheveux. Ce soir, au lieu de se prendre la tête avec son frère, il allait se rattraper et le féliciter. À son tour, il grimpa les escaliers en pesant chacun des mots qu'il allait utiliser. Il frappa à la porte.

- Casse-toi.

Il ouvrit tout de même la porte et se fit fusiller du regard.

- Je suis désolé. Je ne voulais pas gâcher la soirée, dit-il en s'approchant du lit.

- Comme d'hab'...

- Je suis désolé si je suis pas venu voir tes exploits mais je suis sûr que tu leur as tous fait fermer leur gueule et je suis très fier.

Nelson daigna enfin lever les yeux de son carnet de musique en entendant ces mots. Son frère était jamais désolé, surtout quand il avait tort et le fait qu'il soit fier de lui faisait du bien.

- T'es bourré ou défoncé c'est pas possible, dit Nelson en arquant un sourcil.

- Pourquoi tu dis ça ? J'ai juste bu une bière. Non sérieux en vrai je suis content pour toi, même si pour l'instant ça te rapporte pas un jour ça viendra.

Ils échangèrent un sourire complice.

- Tu sais quoi ? J't'invite toi et ta meuf à ma soirée au Night-Club, tu peux ramener d'autres potes de ton école si tu veux. Vous pourrez vous éclater autant que vous voulez, ce sera boisson à volonté !

- C'est pas ma meuf et elle s'appelle Ana, rétorqua Nelson en frappant mollement l'épaule de son frère. Mais carrément ouais, avec plaisir !

Les deux frères avaient enfin trouvé un terrain d'entente, tout le monde était content. Même si, ils avaient bien grandi et avaient chacun leurs préoccupations, ils restaient des frères et ça, ils avaient fini par l'oublier.

- Dis-moi frangin y'a un truc qui me tourne dans la tête depuis des années, pourquoi tu t'habilles toujours de la même façon ?

- Juste pour qu'un connard me pose la question…

Ils rigolèrent comme jamais depuis longtemps.

CHAPITRE 10

Dès la fin du cours de musique, Nelson invita Ana et Veronica à la soirée de Miguel. En invitant Veronica, il espérait qu'elle se rapproche de son grand frère. Veronica lui avait confié qu'elle l'appréciait vraiment. Lui, de son côté, espérait concrétiser les choses avec Ana, même si l'ombre de Jorge n'était jamais très loin. Au fond, il était persuadé qu'elle partageait son ressenti, surtout après le baiser qu'elle avait déposé sur sa joue la dernière fois. Plus que quelques jours avant la soirée, et il n'en pouvait plus d'attendre.

À l'université, Ana et Veronica étaient elles aussi très excitées à l'idée de cette soirée. Jorge suspicieux, les épiait et leur posait pas mal de questions. Il était très intrigué par leurs messes basses mais les deux jeunes femmes ne lui dévoilaient que des miettes. Ana n'avait certainement pas envie qu'il s'invite, surtout que c'était son genre. Cette situation le rendait fou, Ana le rendait fou. Cette petite garce serait sienne même s'il fallait qu'il utilise la force. Il était persuadé qu'elle s'était amourachée de ce sale noir et qu'il était derrière l'invitation à cette soirée qu'il jugeait débile. Il tenta par tous les moyens de dissuader Ana d'y aller en lui faisant d'autres propositions. Mais c'était perdu d'avance, la jeune fille faisait comme si elle y était déjà. Heureusement pour lui, Jorge avait un plan B...

Night-Club, 22 heures 30

La fête battait son plein, tout le monde dansait sur des rythmes endiablés. Les lumières, donnaient un effet stroboscopique et inondaient la piste de danse. Ana et Nelson s'étaient retrouvés parmi la foule et ne se quittaient plus. L'alcool et l'ambiance les avaient rapprochés encore plus et ils flirtaient maintenant comme deux adolescents au bal du lycée. Ana était plus belle que jamais, elle souriait et se laissait aller comme elle ne l'avait plus fait depuis longtemps. Nelson était heureux de la voir comme ça, il était avec sa bien-aimée, ses amis et son frère avec qui il s'entendait à nouveau. Ils riaient aux éclats, ne se souciaient plus de leur vie et du monde qui les entourait. Parfois, ils s'embrassaient, parfois ils se frôlaient. Une chose était sûre, ils s'aimaient profondément et se l'étaient cachés trop longtemps.

De son côté, Veronica avait des vues sur Miguel mais il était trop occupé par son business. Il sentait que, autour de lui, certaines personnes n'étaient pas fiables. Il guettait le moindre mouvement, la moindre anomalie, sans voir les tentatives désespérées de la jeune femme. Elle prenait ça comme un jeu sans se rendre compte qu'en deux coups de feu, sa vie pouvait virer au drame. Mais ce n'était pas de sa faute, elle ignorait tout de la vie de Miguel, elle ne voyait que la partie émergée de l'iceberg, le jeune entrepreneur qui avait réussi. Finalement, le jeune homme se détendit un peu et s'offrit un moment de répit avec la jeune femme, sa compagnie n'était pas si désagréable après tout.

Mais dans un coin, Jorge, tapi dans l'ombre, un verre de whisky à la main. Il observait attentivement les deux amants et enrageait dans son coin. Ils s'étaient isolés et passaient leur temps à s'embrasser. Il brûlait d'envie d'intervenir, de les séparer, d'abattre Nelson, de reprendre sa copine, mais c'était trop risqué. Son malade de frère était une vraie sentinelle, il était à l'affût de la moindre personne suspecte. C'était facile à remarquer, il ne faisait que jeter des regards furtifs alentours. Alors Jorge restait assis là, à les regarder en les maudissant, en préparant sa vengeance, et enfin il n'en puis plus et quitta la soirée.

CHAPITRE 11

Ana rentra avec Nelson. Les deux tourtereaux ne se quittaient plus et passaient leur temps au lit, entrelacés, à se dire des mots doux. C'était la première fois que la jeune fille découvrait l'endroit où vivait son petit ami, une petite maison froide, assez terne. D'une manière surprenante, elle se sentait chez elle et ne regrettait pas sa vie agaçante de princesse solitaire. Avec Nelson, elle était prête à vivre n'importe où et à faire tous les sacrifices. Sans comprendre comment ni pourquoi, il était cet homme avec qui elle finirait ses jours, c'était une évidence. Elle avait oublié son père et Jorge, et leur toxicité qui la grignotait semaine après semaine. Enfin elle se sentait revivre et redevenir elle-même. Quant à Nelson, il était l'homme le plus heureux du monde, il avait enfin la relation qu'il espérait avec Ana. Plus il la regardait, plus son amour grandissait. Il la couvrait de baisers et de caresses, la complimentait et la taquinait aussi un peu. Ils étaient amants mais aussi amis et cela ne faisait que renforcer leur relation. Tout ce qu'il souhaitait pour son avenir était qu'elle l'accompagne dans cette vie et qu'ils se soutiennent mutuellement. Ils avaient la vingtaine tous les deux et ils ne leur restaient plus qu'à tracer leur chemin. Sur l'oreiller, les projets futurs fusaient, leur imagination et leur désir n'avaient plus de limites. Ils se voyaient déjà chez eux, une belle maison faite à leur image, leurs enfants, heureux et comblés. Au fond, il n'y a que ça qui comptait, fonder une famille avec la personne que l'on chérit le plus au monde. Chacun d'eux réussissant dans sa carrière professionnelle, en étant épanouit. Ils frissonnaient d'excitation entre les draps du petit lit de Nelson. Ce dernier fit une promesse à Ana, la plus belle de toutes. Il lui promit fidélité, soutien et amour. Il lui jura qu'il ne laisserait personne les séparer. Même si c'était très cliché et dit sous le coup de l'émotion, Ana le crut de tout son cœur car cette promesse était remplie d'espoir et de bienveillance.

Durant les semaines qui suivirent, les amoureux passaient leur temps libre ensemble. Parfois chez Nelson, lorsque que Miguel n'était pas là et parfois chez Ana, également lorsque son père s'absentait. Ils vivaient d'amour et d'eau fraîche et se retrouvaient souvent sous les draps. Ils se cachaient du mieux qu'ils pouvaient mais Veronica savait ce qu'il se tramait entre eux et en tant qu'amie fidèle, elle protégeait leur secret. Jorge se doutait de quelque chose, mais Ana jouait la carte du silence dès qu'il l'interrogeait. Elle priait tous les jours pour qu'il finisse par lâcher l'affaire. Mais il n'en démordait pas et chaque jour, ses questions étaient de plus en plus pointilleuses, plus précises comme s'il avait déjà les réponses. Même Miguel, qui les voyait occasionnellement, n'avait pas tardé à comprendre ce qui se passait entre ces deux-là et avait pris la fâcheuse habitude de taquiner son petit frère à ce propos. Heureusement, Nelson avait d'autres tours dans son sac et n'hésitait pas à renvoyer la balle à Miguel en lui demandant comment sa relation soi-disant secrète avec Veronica avançait. Ils en riaient, et c'étaient des moments de répit qui font tellement de bien.

En apparence, tout allait pour le mieux dans le meilleur des mondes. Mais dans l'ombre, Jorge attendait le bon moment pour frapper. Un jour, il décida de mettre un terme à cette comédie romantique. À la fin d'une journée de cours, à l'université, Ana s'apprêtait à rejoindre Nelson. Elle salua ses amis et commença à marcher en direction du centre-ville. Jorge n'était pas loin et guettait le moindre de ses gestes. Il se rua vers elle et une dispute éclata sous les yeux des autres étudiants. À mesure que le ton montait, Jorge était de plus en plus agressif verbalement et physiquement. Il menaçait la jeune fille en la poussant et en la maltraitant. Il lui promit qu'il irait raconter à son père sa relation contre nature avec Nelson, qu'il qualifia de sale nègre et qu'il ferait tout pour lui rendre la vie impossible.

- Que penserait ta mère ? Tu te comportes

comme une pute ! Elle aurait honte de toi, elle doit se retourner dans sa tombe la pauvre !

Ces paroles blessèrent profondément la jeune femme. Jorge venait de révéler son vrai visage qui se situait entre la stupidité et le mal absolu. Veronica n'était pas loin et assista à la scène. Elle vint immédiatement au secours de son amie. Elle bouscula Jorge en le traitant de sale connard, et Jorge finit par partir en balançant des insultes.

- Ana, ça va ? demanda la jeune femme, inquiète.

Ces mots déclenchèrent une vague de sanglots et des tremblements chez Ana. Veronica la prit dans ses bras et l'éloigna des regards indiscrets. Alors que la jeune fille reprenait ses esprits et se calmait, une forte envie de vomir lui prit. Veronica eut tout juste le temps de s'écarter avant que son amie repeigne le sol de son déjeuner.

- C'est rien, dit Veronica. C'est l'émotion, ça va aller.

Elle caressa doucement le dos d'Ana. Mais cette dernière n'était pas sûre que Jorge soit la cause de ce désagrément, il l'avait sûrement juste provoqué. Elle posa la main sur sa bouche et se mit à trembler.

- Oh Veronica... Je crois que je suis enceinte...

CHAPITRE 12

Jorge était furieux. Il en voulait terriblement à Ana d'avoir choisi Nelson, ce moins que rien, ce banlieusard, ce raté. Ça le dépassait, il ne comprenait pas ce qu'il avait fait de mal pour mériter ça. Il aimait Ana depuis toujours. Il l'avait mise sur un piédestal et lui avait consacré sa vie entière. Il la couvrait de cadeaux et d'amour, lui donnait toute son attention mais ça ne suffisait pas. Elle était comme toutes les autres, jamais satisfaite et elle lui avait brisé le cœur, sans états d'âme. Il lui restait encore un moyen de lui faire mal, de lui faire payer que ce qu'elle lui avait fait. Il fit rugir le moteur de sa berline de sport et arriva en quelques minutes chez Ana. Après leur dispute violente, elle devait s'être réfugiée chez son amoureux et Jorge avait la voie libre. Paolo était là comme il s'y attendait. Jorge pris son air le plus déprimé et le plus abattu et rentra dans la maison. Il raconta tout au père d'Ana en sanglotant. Il lui parla de Nelson, cet ami nègre, qui était finalement devenu l'amant de sa fille. Paolo ne tarda pas à exploser de rage, mais Jorge enfonça le clou pour attiser sa colère, il lui expliqua comment Nelson se procurait de la drogue et en donnait à Ana. Il lui dit aussi qu'elle participait aux soirées de débauche de son frère et qu'elle trainait ensuite dans la banlieue entourée de prostituées. Paolo n'en revenait pas, comment sa petite fille avait pu lui faire ça ? Elle pour qui il se tuait au travail afin de lui offrir le meilleur avenir possible, il avait même prévu de la nommer directrice adjointe de son entreprise dès la fin de ses études ! Et comment avait-elle pu délaisser ce pauvre Jorge, un si bon garçon avec un avenir prometteur ? Il n'en croyait pas ses oreilles ! Il consola le garçon et l'invita à rentrer chez lui en l'assurant qu'il s'occuperait de remettre Ana sur le droit chemin dès ce soir, sans se douter qu'il n'était pas au bout de ses surprises.

Ana attendait un bébé et les tests de grossesse qu'elle avait fait lui confirmaient tous sa crainte. Elle était paniquée, ne savait plus quoi faire, c'était la catastrophe ! Elle sortit des toilettes de l'université et décida de rentrer chez elle pour trouver du réconfort auprès de son père. Elle n'était pas sûre de sa réaction mais elle n'avait pas d'autres choix pour l'instant. En informant Nelson de la situation, elle avait peur qu'il prenne la fuite et la laisse tomber dès qu'elle prononcerait le mot « bébé ». Elle avait honte d'elle, comment avait-elle oublié de se protéger ? Quelle légèreté, quelle négligence. Une chose était certaine, son père ne manquerait pas de le lui rappeler. La pilule, les préservatifs, elle n'y avait même pas songé une seule seconde. Et Nelson non plus. Plus elle y pensait, plus elle s'inquiétait des conséquences. Garder l'enfant ? Le tuer ? Toutes les réponses étaient horribles. Elle arriva chez elle, son père l'attendait, assis dans la salle à manger, l'air grave. Ana connaissait cette attitude et se doutait qu'il était au courant de quelque chose. Elle le salua timidement, il hocha la tête et la toisa du regard.

- Tu n'as rien à me dire ?

- Comment ça ? répondit Ana hésitante.

- Tu sais de quoi je parle Ana !

Son père ne pouvait pas être au courant, c'était impossible.

- Papa mais de quoi tu parles ?

- De ta relation avec ton petit nègre !

- Il s'appelle Nelson, papa. Et je fais ce que je veux !

- Non tu ne fais pas ce que tu veux, tu es ma fille, tu habites dans ma maison et c'est moi qui te nourris ! Quand je pense que je t'ai fait confiance et que toi, pendant ce temps, tu te défonces dans la rue avec ces sales types ! Tu me fais honte Ana, heureusement que ta mère n'est plus là pour voir ça !

- Tu n'as pas le droit de dire ça…, sanglota la jeune fille.

- Si j'ai le droit, ta mère voulait le meilleur pour toi et regardes ce que tu fais, regardes ce que tu deviens ! La risée de la famille, une bonne à rien, une droguée ! Mais à partir d'aujourd'hui, tu ne verras plus ce nègre, c'est terminé ! Tu es consignée dans ta chambre jusqu'à ce que j'en décide autrement. Tu ne sortiras que pour aller à l'université et c'est Jorge qui viendra te chercher et te ramènera. Les cours de musique, c'est terminé !

- Tu n'as pas le droit de faire ça papa ! Je suis majeure, je suis libre d'aller où je veux, quand je veux et avec qui je veux ! Je refuse d'être enfermée dans cette horrible maison où je suis tout le temps seule ! Et tu sais quoi ? Puisque tu aimes tant Nelson, tu seras ravie d'apprendre je suis enceinte de lui !

Ça y est, c'était sorti. Alors qu'Ana pensait que son père serait compréhensif et bienveillant, il agissait comme un vrai tyran. Et elle était persuadée que Jorge était son informateur.

- Quoi ?! s'écria Paolo, hors de lui. Tu es enceinte ? Et de ce sale nègre ?

- Oui papa et que tu le veuilles ou non, je vais garder cet enfant. Peu importe ce que tu penses de Nelson, c'est quelqu'un de bien, il est meilleur que toi et que Jorge. Il m'a rendue heureuse, je préfère être avec lui, qu'ici avec toi.

Ana avait pris sa décision. Cet enfant était le sien, c'était le fruit de son amour avec Nelson, la meilleure chose qui lui était arrivée dans sa vie. Et comme ils se l'étaient promis, personne ne pourrait les séparer.

- Il est hors de question que tu portes cette abomination ! Monte dans ta chambre tout de suite ! Je vais appeler le docteur. Et donne-moi ton téléphone !

- Non ! C'est mon enfant, c'est mon corps, c'est moi qui décide. T'as rien écouté ! T'écoutes jamais ! T'as jamais entendu maman non plus !

- Dans ta chambre ! Ordonna-t-il en pointant l'escalier.

- Non !

- Si tu n'obéis pas, tu peux faire une croix sur moi et sur tout le reste. Je vais te déshériter et tu ne feras plus jamais partie de cette famille. Tu me fais honte, il est hors de question que tu élèves cet enfant ici. Si tu décides de partir, dégage et tu seras plus ma fille !

- D'accord papa, alors adieu, lui répondit Ana en sanglotant, d'accord. De toute façon maman t'a aimé toute sa vie et toi tu n'as jamais aimé que toi-même. Alors je te souhaite tout le bonheur du monde…

Elle s'en alla sans se retourner. Son propre père prononçant ces mots, c'était atroce. S'il l'aimait vraiment, il n'aurait jamais réagi comme ça. La jeune fille s'empara de son téléphone pour appeler Nelson. Il était son dernier espoir. Après quelques sonneries, il décrocha enfin. Ana lui raconta tout, que Jorge avait informé son père de leur relation, qu'il venait de la chasser de la maison. Elle hésita et lui parla finalement du bébé qu'elle attendait. Nelson était surpris mais la surprise se transforma en joie pour le plus grand bonheur de la jeune fille, elle était soulagée.

- Mon cœur, vas chez Veronica, je termine ma livraison et je te rejoins aussi vite que possible. Je t'aime.

Nelson raccrocha. Il avait accepté de dépanner Tonio une dernière fois en attendant qu'il trouve un nouveau livreur et ça tombait très mal. Il se dépêcha de livrer le client, l'adresse n'était plus très loin. Il ne pensait qu'à Ana et au bébé, à leur bébé. Il n'avait pas pensé une seule seconde qu'il aurait pu mettre Ana enceinte pendant leurs ébats. Mais c'était arrivé et ce n'était pas la fin du monde, ils s'en sortiraient. Mais que son père l'ait mise à la porte à cause de lui, il n'en revenait pas. Tout ça, c'était à cause de Jorge ! Mais pour l'instant, il fallait qu'il s'occupe d'Ana, il réglerait ses comptes ensuite.

CHAPITRE 13

Alors que Nelson fonçait à toute vitesse dans les rues de Lisbonne pour rejoindre sa compagne, il ne s'était pas rendu compte que Jorge le suivait, attendant le bon moment pour frapper. Le jeune garçon arriva enfin chez le dernier client. Même si ce n'était pas très professionnel, il s'empressa de faire sa livraison et de remonter sur son scooter pour filer. Soudain, une voiture fonça sur lui à toute vitesse. Il sauta de son scooter manquant de se faire percuter. La voiture repartit en trombe. Le conducteur prenait la fuite et le jeune homme était bien décidé à le poursuivre. Il n'en était pas sûr mais il lui semblait avoir reconnu Jorge dans le miroir du rétroviseur et cela signifiait que ce n'était pas un accident mais une tentative de meurtre. Nelson releva son scooter. Il était abîmé mais toujours en état de marche. Il démarra et poursuivit le fuyard. Il le retrouva à quelques mètres, arrêté à un feu rouge. Nelson descendit de son scooter pour confronter Jorge, c'était bien lui le responsable de cet acte criminel. Lui qui voulait régler ses comptes, et c'était l'occasion. Il ouvrit la portière et força Jorge à descendre en le tirant par le col de son blouson.

- Si tu ne nous lâches pas, je te défonce !

- Mais de quoi tu parles ?

Son sourire narquois montrait bien qu'il était coupable.

- Espèce d'enfoiré ! Nelson le secoua. S'il y avait personne, j'te tuerais !

Soudain, des sirènes de police se mirent à retentir derrière Nelson. Une voiture de police s'arrêta près d'eux et deux officiers de police descendirent, menottes et matraques en mains.

- Merde ! s'exclama Nelson en lâchant Jorge.

- Dommage pour toi, murmura Jorge satisfait. Tu vas retourner dans ta cage.

Ils embarquèrent Nelson sans savoir ce qu'il s'était vraiment passé. Un papillon bleu vint virevolter autour de la jambe de Nelson, et sans faire exprès, il l'écrasa…Arrivés au commissariat, le jeune garçon subit le racisme des policiers. Même s'il avait du mal à résister, il resta impassible à la grande déception des officiers. De toute façon, il allait passer la nuit en garde à vue et aux dires des policiers, il serait jugé le lendemain, en comparution immédiate. Grâce à son droit légal à un appel, il pouvait contacter une personne et son choix se porta sur son grand-frère. Il était le seul à pouvoir l'aider dans cette situation. Miguel répondit et Nelson lui raconta tout depuis le début. Le jeune homme était très inquiet pour Ana, qu'il avait laissé seule et il priait pour qu'elle soit bien arrivée chez Veronica. Il avait peur que Jorge ait fini par la retrouver pour la ramener de force chez son père et la contraindre à avorter. Miguel promit à son petit frère qu'il viendrait le chercher au commissariat dans l'heure qui suivait. Nelson n'avait pas d'autre choix que de le croire et il raccrocha. Même si Miguel avait très envie de faire payer ce Jorge, sa famille passait avant tout. Il appela d'abord Veronica pour savoir si Ana était bien chez elle et elle le lui confirma. Il lui raconta brièvement la mésaventure de son frère et raccrocha. Sans plus attendre, il prit ses affaires et quitta la soirée où il était. Mais alors qu'il s'apprêtait à monter dans sa voiture, une ombre passa derrière lui et le frappa violemment à la tête. Miguel tomba par terre, inconscient. Avant de perdre connaissance, il reconnut le patron de la discothèque qui avait essayé de l'arnaquer quelques semaines auparavant et une de ses connaissances, Pablo, un autre promoteur de soirées anciennement son ami.

- Hé voilà boss, un en moins ! Et ne vous inquiétez pas, je m'occupe des soirées maintenant et elles seront bien meilleures que les siennes.

Miguel avait bien remarqué des choses étranges, mais n'avait pas pensé à Pablo. Ils le laissèrent sur le parking, le crâne ouvert. Quelques minutes plus tard, une jeune femme trouva Miguel inconscient et blessé. Elle appela immédiatement une ambulance. Ils emmenèrent le jeune homme à l'hôpital en lui faisant les premiers soins mais son état de santé ne présageait rien de bon.

CHAPITRE 14

Après avoir passé la pire nuit de sa vie, Nelson se réveille difficilement. Il a fait des cauchemars durant les huit dernières heures en pensant au pire pour Ana et pour son frère qui n'était jamais arrivé. Plus que jamais, il se sentait seul. Dans quelques minutes, il allait comparaitre devant un juge pour un crime qu'il n'avait pas commis. Il n'avait rien à faire ici mais il fallait qu'il refoule sa colère, pour ne pas aggraver son cas. Il eût quand même droit à un petit-déjeuner qui ressemblait à de la pâtée pour chien.

De toute façon, le jeune homme était bien trop stressé pour manger. Dans sa cellule, il faisait les cent pas. Il n'avait qu'une envie c'était de retrouver Ana et d'être sûr qu'elle soit en sécurité avec le bébé. Ensuite, il irait régler ses comptes avec Jorge, pour de vrai cette fois-ci. Ce sale enfoiré avait eu beaucoup de chance hier mais il ne s'en tirerait pas à si bon compte la prochaine fois.

Un officier apparut et annonça à Nelson que l'audience allait bientôt débuter. Il le fit sortir de sa cellule et le menotta. Le jeune homme n'avait même pas d'avocat, il en aurait sûrement un commis d'office. Il n'en avait pas besoin de toute façon, il n'avait rien fait. Alors qu'il entrait dans le tribunal, le jeune homme garda la tête haute et pria pour que le juge ne soit pas lui aussi raciste. L'heure qui suivait allait être décisive pour le reste de sa vie.

Une heure plus tard, Nelson sortit libre. Il avait eu de la chance dans sa malchance, un témoin oculaire avait vu Jorge tentant de le renverser et était spontanément venu plaider son cas. Sans lui, il aurait été inculpé pour agression physique et condamné à six mois de prison ferme. Les officiers qui l'avaient arrêté la veille lui rendirent ses affaires à contre-cœur. À peine était-il dehors qu'il appela immédiatement Ana. Elle avait essayé de le joindre une vingtaine de fois et il s'en voulait terriblement de ne pas avoir été présent pour elle. Malheureusement, elle ne décrocha pas son téléphone. Il espérait qu'elle n'était pas en colère contre lui. Il décida de passer chez lui récupérer quelques affaires. Sur le chemin, il essaya de joindre son frère mais lui non plus ne répondait à aucun de ses appels. Il commençait sérieusement à s'inquiéter. Presque arrivé chez lui, Nico, un des potes de son frère l'interpella. L'expression de son visage n'annonçait rien de bon.

- Nel' ! Attends ! On t'a cherché partout toute la nuit, t'étais où ? dit-il affolé.

- En taule, pourquoi ? Qu'est ce qui se passe ?

- C'est ton frère, il est à l'hôpital, il est dans le coma…

Un frisson parcourut son échine. Miguel ? À l'hôpital ? Dans le coma ? Il ne laissa pas Nico dire un mot de plus et partit en trombe direction l'hôpital. Sur la route, il pensait au pire. Il essaya de joindre Ana mais elle était injoignable. Tant pis, il devait rejoindre son frère. Alors qu'il se garait sur le parking des urgences, son téléphone sonna mais ce n'était pas Ana. Il décrocha, il s'agissait du Professeur.

- Nelson, mon garçon, comment vas-tu ? dit ce dernier sur un ton ravi.

- Professeur… Je ne peux pas vous parler pour l'instant, j'ai…

Le vieux monsieur ne le laissa pas terminer sa phrase.

- Nelson, j'ai une proposition à vous faire : un de mes bons amis, Fernando, m'a proposé de devenir votre producteur. Il vous a adoré lors de la représentation annuelle ! Il souhaite vous rencontrer dès demain à l'école. C'est une fantastique opportunité !

Nelson était coincé entre deux feux. Il accepta la proposition du Professeur puis raccrocha. Derrière lui, une voiture se gara en faisant crisser ses pneus. Le jeune homme se retourna craignant que ce soit Jorge qui vienne finir le travail. Puis il reconnut la chevelure dorée de sa bien-aimée qui était accompagnée de Veronica. Ana se jeta dans ses bras.

- J'ai eu tellement peur…

Nelson la rassura et leur demanda ce qu'elles venaient faire ici. Nico avait appelé Veronica pour la prévenir de la situation de Miguel et elle avait accouru jusqu'ici. Le trio se rua sans attendre dans l'hôpital à la recherche de Miguel. Comme l'avait dit Nico, il était dans le coma. Le médecin leur expliqua ce qu'il s'était passé et Veronica fondit en larmes. Ses chances de survie étaient minces. Nelson resta silencieux, encore sous le choc. Il savait que son frère était en danger mais de là à ce qu'on tente de l'assassiner, c'était impensable. Il rentra dans la chambre où son frère dormait paisiblement. Les bips incessants des machines rythmaient son pouls. Nelson s'assit près de lui et lui prit la main. Au contact de sa main froide, il s'effondra. Si Miguel partait, il n'aurait plus de famille et il refusait de le perdre alors qu'ils venaient à peine de se réconcilier. Soudain, un son strident et continu perça les oreilles de Nelson. Il n'eût pas le temps de comprendre ce qu'il se passait que trois médecins débarquèrent en courant dans la chambre. Ils le firent sortir et commencèrent la réanimation. Collé à la vitre de la salle, Nelson était tétanisé et totalement impuissant.

Dix minutes plus tard, un des médecins annonça la nouvelle : le jeune homme n'avait pas survécu.

ÉPILOGUE

12 mois plus tard

Comme chaque vendredi soir, une représentation a lieu dans la grande salle prestigieuse du Pavillon Atlantique de Lisbonne. Dans ce genre d'endroit, seules les personnes d'une certaine classe sociale ont le droit de venir admirer les grands artistes qui se produisent sur scène. Pour avoir une place de choix, il faut réserver deux mois à l'avance et ce soir est un soir spécial. Aujourd'hui le Pavillon

Atlantique de Lisbonne accueille un nouvel artiste et tout le monde est impatient de le rencontrer. Il remplira sans doute la salle pendant plusieurs mois et tous veulent être au premier rang pour l'écouter et l'admirer. À 21 heures, la foule se presse aux portes du bâtiment. Seules les personnes munies d'une invitation peuvent entrer.

C'est une cohue indescriptible.

La représentation commence dans une demi-heure et la salle est pleine à craquer. Au premier rang en plein milieu se tient une jeune femme rayonnante avec une chevelure brillante.

Elle s'appelle Ana. De toutes les personnes présentes dans la salle, elle est sûrement la plus heureuse d'être ici. Ce moment, elle l'a attendu pendant des mois et c'est enfin l'heure. Autour d'elle, les gens murmurent et se posent des questions sur ce nouvel artiste qui va les éblouir. L'impatience est à son comble. Elle sourit malicieusement, elle sera la seule à ne pas être surprise lorsque le rideau se lèvera car elle connait l'artiste qui habite dans son cœur.

Enfin les lumières s'éteignent doucement,

plongeant la salle dans la pénombre. Les gens se taisent et retiennent leur souffle. Le rideau se lève et laisse apparaître un homme d'une vingtaine d'année souriant le regard brillant, peut-être quelques larmes. Ce soir, l'artiste que la foule acclame est Nelson, la révélation du Fado. Son regard se pose le premier rang, sa femme dans une robe bleue magnifique lui sourit, et son frère Miguel est à ses côtés…C'est son moment de gloire, celui qu'il a attendu toute sa vie.